KB230907

장인수의 세 번째 시집

벌거벗은 울타리

장인수의 세 번째 시집

벌거벗은 울타리

장인수 지음

KSI 한국학술정보㈜

산고 치른 기쁨

연말이 되면 지나간 시간을 돌아보면서 세월의 뒤편에 무엇을 남겼는가를 생각해 보게 되는데 매년 남겨 놓은 것이 없음을 깨닫고는 늘 마음이 허전했었다. 한 해를 시작할 때면 누구나 머릿속으로 '한 해의 계획'이라는 걸 만들어 본다. 그래서 지난해 벽두에 무언가를 남겨 두어야겠다고 굳게 마음먹고는 한 달에 열 편의 시를 쓰기로 작정했었다. 계획이 잘 이루어지지는 않았지만 시집 한 권의 분량은 되는 것 같았기에 다시금 연말을 맞고서는 나름의 만족을 느꼈다. 목표를 세운다는 것이 이렇게 중요하다는 사실을 다시 한번 느끼게 해 준 한 해의 결산이었다.

그리고 시를 쓴다는 것이 얼마나 어려운 것인가를 새삼 생각나게 만들었다. 목표치를 달성하려는 중압감이 창작의 의욕을 한층 북 돋우어 주었는지는 몰라도, 한 달의 목표량은 힘든 작업이었다. 매일의 일상을 보내는 것도 쉽지 않은 세상인데 창작을 하는 여유를 갖는다는 것 또한 굉장한 부담이다. 세 번째의 시집이기에 지난 두 번의 시집 출간을 생각해 보았다. 그런데 사람은 망각의 동물인가. 지난번의 산고는 도무지 생각나질 않는다. 쉬었던 것 같기도 하고 언제 어떻게 시를 썼는지도 잘 기억이 나지 않는다. 산모가 첫아이를 낳을 때는 다시는 아이를 낳지 않을 것이라 장담하지만 얼마 지나지 않아 둘째, 셋째를 갖게 되는 것을 보면 창작의 산고도 이와 다름 아니라 생각해 본다.

이번 세 번째 시집에는 신앙시를 한 부분 첨가하였다. 나의 전공 분야가 영국 종교시이기 때문에 언젠가는 나도 신앙시를 써야겠다는 다짐도 있었지만, 지난 몇 년간 자신의 신앙이 하늘이 아니라 세상을 응시하고 있는 것 같은 안타까움에 신앙의 추스름이 필요하다고 생각하고는 이를 시라는 매체로 다스려 보고 싶어서였다. 신앙시를 쓰는 시간은 묵상의 시간이었다. 신앙시는 잘되고 못됨이 아니라 그 안에 내재된 영성이 문제라고 보기에 나름대로는 만족감을 느끼고 창작에 임했다. 그리고 언젠가는 내가 전공한 종교시인들처럼 신앙시집 완본 출간을 계획해 본다.

시는 시인이 쓰지만 평가는 독자들의 몫이다. 내 나름의 자족이 읽는 이들과 함께하기를 바란다. 거친 음식이 몸에 더 건강함을 주듯이 혹독한 평가가 있기를 기대해 본다. 그것이 나를 창작의 파도 속으로 밀어 넣는 것이 되기 때문이다. 출간을 위해 도움을 주신 한국학술정보(주)에 깊은 감사를 드리며 내 주변에서 시의 소재를 전달해 주는 나의 사랑하는 가족과 지인들에게 감사의 말을 전한다.

2009년 1월

차례

1부_ 그리움

삶은 그리움이다.
누구였는지, 무엇이었는지, 어디였는지……
그렇게,
추억할 것을 위하여
우린,
지금을 살아가고 있다.

아버지의 숨결

60년대 서울 한복판
전차에 그려진 손자국 선명하다.
앞뒤가 어디인지 구분되지 않는 전차엔
아버지의 숨결 묻어 있었다.
못 하나에 생명을 담아
목수 아버지는 그렇게 전차를 두들겼다.

전차가 사라지던 날
아버지의 망치는 힘을 잃었고
깊은 수렁에 빠진 듯
전찻길 위에서 한동안 방황했다.
직장을 잃은 것이 아니라
아버진,
삶을 잃었다.
심장이 녹아내리고
풍선이 된 허파가
하늘을 둥둥 떠다니다
몸속의 장기는 거품으로 꺼져 가고
그렇게 아버진 구름을 넘으셨다.

가끔씩 보이는 구름 속 하늘전차는
누구의 작품일까 궁금하다.

복숭아 연정

복숭아를 까는 어머니의 입이 썰룩인다.
입안을 감도는 썰물과 밀물
반쪽은 큰아들에게
나머지는 작은아들 위해.

당시의 복숭아는 어떤 종류이든
천도(天桃)로 분류된다.
아무나 범접할 수 없는 값비싼 존재.

남은 건
건더기 살점 모두 발라낸 복숭아씨
하루해 넘어갈 때까지
입속에 굴리고 있었다.
그렇게,
볼록 튀어나온 어머니의 볼은 사랑이었다.

망각된 자신의 존재로
자식 키우고
복숭아 연정은
햇빛 속 안개처럼 여운만 남아 있다.

아버지 그리기

기억이 너무 멀다. 아니 남아 있는 기억이 의식 속에 숨어 모습이 드러나지 않는다. 얼굴조차 아득한 초라한 뒷모습뿐. 안개 속에서 찾아내는 흐린 형상의 흔적들.

터진 바바리 끝에 실타래 몇 가닥 휘날리고 마른 뒷목 군살 박힌 발뒤꿈치. 기억되길 거부당한 검게 찌든 작업복에 구릿빛 얼굴.

내민 손에 뿌리박힌 검은 손금들. 부르기 어줍은 아버지란 호칭

야참으로 배급받은 부드러운 빵 한 조각 아침 퇴근길 골목에서 전달받고 먹는 모습 대견스레 쳐다보며 미소 짓던 행복한 영혼

조상을 잘 모셔야 복을 누린다는데 기억도, 잔재도, 흔적도 그리고 어딘가 남아 있었어야 할 사진 한 장조차도 지금 내겐 없다. 마치 땡전 한 푼 내게 남겨 주지 않았던 아버지의 존재에 의식적으로 대항하듯.

삶과 의식 어느 구석에서도 철저하게 잊힌 아버지의 존
재. 아무리 그리려 해도 머릿속 붓끝은 무뎌진 칼날

희미한 형상만이라도 하늘위에 띄워 보려 몸부림치지만
말 한 구절 희미한 잔영조차 간직하지 못한 못난 아들
의 구멍 난 잠재의식.

오늘 새벽 일찍 눈을 뜬 것은 순전히 그대 탓이오. 그대 입술에서 떨어진 잠 못 드는 밤의 전설이 내 잠을 가을낙엽으로 만들었소. 전설은 신화와는 달라서 때로 사실처럼 다가오기에 전설의 공포가 천둥처럼 귀를 때리고 가슴에 망설임의 우물을 파 놓았소. 지금 그대도 눈뜨고 있을까. 그대 바라보는 초점의 향배를 나침반으로 가늠하려 하지만 아직 동녘에서 빛 새어 나오지 않아 밖은 검은색 휘장으로 덮여 있으니 내 시야마저 칠흑이오. 생각엔 파형이 있다하니 그대 심장의 고동을 이마의 감촉을 통해 듣기 바랄 뿐이오. 그대 입술 적시는 커피향이 문득 생각을 스치며 내 코를 취하게 만들고 있소. 창밖을 바라보며 새벽 담는 그대 하얀 몸으로 오선지 선율이 삽입되고 있을 것이오. 내 몸으로부터 느리게 떨어져 나간 붉은 파도가 공간을 뛰어넘어 그대 창에 다다른 것이라오. 어디선가 이름 모를 새의 낮은 소리가 그리움을 부르고 바짝 긴장한 아침 해가 허물 벗고 일어나고 있소. 동쪽에 서린 황금빛 기운. 서쪽에 드리운 내 보랏빛 갈증. 안개 피어오르는 커피 한 잔 생각나는 비 내리는 새날.

나무의 세월은 이슬비였다

손짓하지 말라
크게 자란 나무가
하늘을 찌르다가 고개 떨구고
땅속으로 밀려가다가 다시금 돌아선다.
어딘지 향할 곳 없어
나무는 그렇게 구름을 그리워하는가 보다.
떠도는 솔개의 하늘 끝 비상
푸른 새순 고요하다.
저 멀리서 배 젓는 소리
바람 섞이고, 안개 몰려온다.
나무는 팽팽한 외로움으로
방금 내린 빗줄기에 눈물 삼킨다.
슬픔은 햇볕으로 만든 이슬비였다.
나무가 송두리째
건너편 산을 향해 포효한다.
그렇게 타다가, 타다가
나이테로 거듭난다.

불국사 - 하나

불국(佛國)을 떠나
속세(俗世)로 돌아오는 길이
겨울 안개로 갇혀 있다.

살아가는 세상이 이런 어둠인가
우리 돌아갈 이승이 저런 아픔일까
무심코 날아드는 풍경소리

맑은 가슴 찢어진다.

불국사 - 둘

안뜰에 가득 찬 겨울소음
피부를 파고든다.
하늘 향해 솟은 세월의 풍상
두 탑에서 뿜어 나온
천년의 숨이 토함산을 감아 돈다.

질투를 감춘 두 탑의 어울림이
삼 층의 아픔으로 쌓이고
다보의 기품은 치솟는 용트림으로 마당에서 전율한다.
석등의 문으로 빨려 들어오는 자비의 눈길

거기,
담장 넘는 이름 모를 새의 부름.

불국사 - 셋

접어든 뒷길의 끝에서
청백 구름다리를 만난다.

굽이치는 송림의 무리들이
구름을 포위하고
계단을 경계 삼아 이승과 저승으로 물결친다.

연화칠보 다리는 청백구름과 엇갈려
내림과 오름의 차이로 상생한다.

봄의 잔치

오월의 햇살 가득 찬 강의실을 들어서는데 창밖에 까치 한 마리 흑과 백의 날개 짓으로 나무 사이를 오가고 있다. 봄소식 가득 담아 내리쬐는 푸르른 햇—살이 날개의 파동으로 흩어진다. 갑자기 강의실 구석구석으로 퍼져 나가는 싱그러운 그리움, 부푸는 감각이 아이들의 가슴을 토닥인다. 강의 주제는 공중으로 부상하고 교재에서 낙상하는 무수한 낱말들이 강의실 내벽을 타고 퍼져 간다. 정원 난간을 따라 줄 선 벚꽃나무에 지워진 겨울풍경 포개지고 있다.

겨울, 작은 풍경

붉은 겨울은 아파트 외벽에 걸려 있고
담장 너머
길 잃은 까치 한 마리 울고 있다.
아침 소리는
지친 바람으로 한낮을 향해 돌진하고
도시를 삼키는 하얀 눈만 몰래 내려와
슬픈 추억을 더듬는다.

거기, 미처 떠나지 못한 철새들
아파트 옥상에서 살얼음 지치고 있다.

철새

내 기억 속, 지워지지 않는 손금 같은 인생이
자전거 바퀴살에 걸려 도시의 귀퉁이를 질주하고 있다.
남긴 것 없는 빈 몸뚱이
엉킨 타래줄 같은 자유를 소리치고 있고
겨울 철새는 하늘을 기대며 날아간다.
잃어버린 고향에서 떠나온 삶이 부표처럼 넘실댄다.

너의 존재만으로

곁에 있다는 것만으로도
지금 나는 보다 자유롭다.
함께 걷는 것만으로도
내 발자국 더욱 선명하다.
숟가락 함께 들고
보다 느린 입놀림을 통해
우리 존재를 통일시키자.
함께할 사람 세상에 가득하지만
오직 그대 그림자만 머물러 있어도
하늘 해맑은 햇살은
내 해묵은 가슴, 향기로 부풀린다.

햇살 담긴 그리움

피부로 느끼는
오랜
그리움
햇살에 묻어 나와
비수처럼 꽂힌다.

가 버린 시간 속에
남는 건
단지
구름 한 조각

부신 눈으로 들어서던
너의 모습에
가득 담긴
아침 햇살

살랑이는 바람에
목메는 가슴
그리움에
뜨겁게 밀려오는
긴 파도

떠난 사랑

실연을 노래하는 휘파람 소리
마당 한구석으로 깡마른 강아지를 불러들이고
나무 끝에 매달린 눈 큰 부엉이 울음
육신의 땀구멍을 통해 영혼을 숨 쉬게 한다.
그렇게 너의,
지치고 가녀린 떠난다는 목소리가
내, 마음에 휑한 구멍을 내고
뭉게구름 피어나듯 무거운 신음으로 다가선다.
그렇게 너와의,
내, 사랑은 말라 버린 우물에서 건져 올린 두레박이다.

갈증

불끈거리는 사내의 새벽 갈증.
달아오른 육체의 욕망

일하는 것과 먹는 것만이 삶의 전부는 아니다.
어울림은 또 다른 삶의 주제
저만치 떨어져 누운 빛바랜 가을 낙엽
손바닥 마주치고
우주를 삼킬 듯 커다란 심호흡으로
갈증을 해소하려 시도하지만
그럼에도 묶인 사슬은 구두끈처럼 좀체 풀리지 않는다.

이불 속에서 느끼는 고독
구름과 비는 천둥과 번개를 만들지만
사내의 새벽이슬은
무지개로 나타났다 거품으로 산화한다.

몸의 기억

기억이 있기에 존재의 의미는 뿌리 깊다.
세포 하나에서
실핏줄 저 끝자락까지
뇌파로 기억되지 않는 형상.

너는 호흡으로 남아 있다.
몸으로 부딪친 살의 대화가 있어,
대뇌가 파괴되고
생각이 주름 잡혀 기억을 잃어도
너는 몸으로 기억된다.
세포 하나에서
혈관의 끝자락까지
그 아련한 기쁨의 노래는
손가락 끝에서 꽃이 되어 살아난다.

혀의 기억

눈을 감아도 살아나는 맛
춤추는 혀의 붉은 감각으로 더듬는
몸
느린 감각으로
오르가즘을 자극할 때
담장을 기어오르는 업힌 개구리
본능으로 긴 혀를 뽑아낸다.

그럼에도 지금
혀끝, 내, 후각은
수면 내시경 환자처럼
무의식으로 잠들어 있다.

입술의 기억

기억이 세월 뒤로 숨었다.
소리의 감각은 무뎌지고
어깨의 감촉도 빛을 잃었다.

한때는 캔디 오아시스처럼 달콤하고
박하사탕처럼 화사했건만
침샘은 말라 버린 우물이 되고
입술은 사막의 모래알처럼 깔깔하다.

세월이 가져다준 낙엽 같은 육신의 실체
허파 깊숙이 숨어 있던
반딧불이 한 무리 불 밝히며 등장한다.
아직 숨 쉬는 입술
아직 살아 움직이는 촉수

입술의 만남

색으로부터 전해지는 본능
보이지 않는 묘한 감각이 초승달로 부상하여
열리지 않은 문을 노크한다.

낮과 밤을 가리지 않고
포개지는 만남
상호간 나눔의 자세는
빙하기 속삭임에서 유래되었다.
끊임없는 비벼댐과 뚫고 뚫리는 혀끝 전쟁은
둘 사이에서 문명을 태우고 있다.

몸속엔 이미 검은 달이 뜨고
세 치 혀가 빙벽 저 안에서 생선처럼 뻗어 간다.
도킹하는 우주선이 깊은 어둠을 헤쳐 나갈 때
어둔 햇살 속, 한낮을 눈뜬 채 사는 부엉이 울음소리
비밀스럽게 하늘색 파문으로 퍼져 나간다.

잠자는 아가

빈 허공으로 요동치던 팔놀림이
휴전에 돌입하자
고요와 정적이 다가온다.
이목구비는 여느 누구와 똑같건만
얼굴은 아침바다처럼 고요하다

갑자기 입술이 씰룩이고
이맛살에 팔자가 그려진다.
저것은
꿈꾸는 행위일까,
세상을 향해 던지는 냉소일까.

역시 작은 것은 아름답다.
그러기에 아름다움을 위해선
세상을 자꾸 축소시켜야 한다.
요동하는 소음내는 기계들과
난무하는 언어의 폭력은
아가를 잠재우는 체벌로 두 팔 들고 세워 놓아야 한다.

사랑, 상처로 남다

쉼 없이 언덕을 건넜다.
돌아보지 않은 채, 앞만 보았다.
휘파람조차 불 수 없는 깨져 버린 시간이
절벽 아래로 굴러간다.
바늘 끝에 걸린 풍선처럼 온통 시야는 지쳐 있고
가려진 연무 속에서 나타나는
탈색된 태양이 공중에서 길을 잃고
지평선과 씨름한다.
이어지는 별들의 세레나데
상처 입은 사랑은 타다가 멍든 숯덩이다.

닫힌 출구를 향해 날아가는 기러기 한 마리.

폭포소리에

솟구치는 쾌감이 오랜 상념 속에 파도가 된다.
안개 피어오르는 뜨거운 겨울
절벽 끝에 매달린 나는 한 마리 붉은 사슴이다.

놓아 버리려고 애써도
고개 들며 살아나는 것이 삶이다.
그러니 눌리는 물살은 허공에 매달려 있다.
솟구쳐도 지치지 않는 것이 내 삶이기에
질긴 목숨은
떨어지지 않는 사지(四肢) 속에 숨어 지낸다.

가슴을 후벼대는 긴장된 소음은
떠다니는 천상의 소리로 남고
바닥으로 떨어지는 매몰찬 부딪침은
헤어나지 못하는 내 인고의 세월로 각인된다.

샘, 흘러가다

떠남은 아름다운 여행이다.

중턱에서 발아하여
싣고 온 떡잎은 길을 만난다.
구르고 떨어져 조각나는 물의 자취
돌아드는 고향에는 은행나무 한 그루
마을 공터에서 낮잠에 취해 있다.
마을 돌아 다다른 강어귀에
머리 감는 소녀들
계절의 소리가 물길을 거스르고
강은 쏜살같이 흘러 세월을 파먹는다.
맑은 물로 숨 쉬는 송사리와 가재는
조약돌 아래 몸 사려 눕고
가다가, 가다가 다다른 푸른 세상
모여든 서로의 샘들이 일제히 합창하며
밀리고 쓸리면서 바위를 불사른다.

떠난 여행의 종착지가 파도로 타오른다.

봄

가지 끝에 물오르는 소리 걸리고
푸른 줄기에 힘줄 솟는다.
종달새 소리 지면에 깔리고
녹아내린 산 중턱 눌린 눈 사이로
녹색 잎사귀 칼날처럼 솟아난다.

겨우내 왜가리 떠나지 않던 하천 한구석에
원앙 가족 물놀이
줄지어 머리 박고 생의 존재를 확인한다.
다가서는 봄 햇살에
아지랑이 되어 사라지는 삶의 무게
내일부턴 얼굴 피고 살 것 같다.

목련의 계절

목련 꽃, 그리움으로 피더니
아픔으로 사라진다.
출렁이는 세월은 길 떠난 아지랑이다.

잠시 부풀더니 발 아래로 굴러가고
백색의 아름다움 뽐내더니 갈색으로 산화한다.
한때의 고귀함으로 달려가던 눈총들은
일시에 타향으로 귀환한다.

하얀 고통이 햇살로 퇴화되고
갈색 얼룩으로 무뎌진 꽃잎들은
아파트 담 그늘 밭을 바다로 물들였다.
모든 것이 순간이거늘
어제도 내일도 기약된 건 없다.

살아 있음에

눈 뜬 새벽.
욕망이 혈관을 타고 육체를 지배할 때
분수처럼 솟구치는 살의 함성
살아 있음은 풍선이 된다.
그렇게 새벽은 본능의 함정이었다.
분출을 갈망하는 붉은 마그마가
활화산의 중앙으로 몰려오지만
단절된 운명의 풀지 못한 수수께끼

분출하지 못한 수억의 새끼들은 감각의 뗏목을 타고
몸의 구석구석으로 또다시 표류한다.
어제, 그제처럼 또, 그 옛날처럼.
입 밖으로 토해 내는 긴 한숨.
숨으로 뱉어 낸 탁한 공기는 방 한가운데를 맴돌고
새벽의 어스름 빛줄기가 문틈으로 방사된다.
또 한 밤이 서서히 그렇게 지나간다.
본능은 악마처럼 빛에 쫓겨 어둠 속으로 사라지고
욕망의 부푼 살은 안개로 사라진다.

치즈 그리고 땅콩

묵히고 삭혀진 세월이
반죽처럼 뭉쳐지고
증발한 수분은 안개로 퍼져
향내로 뿜어 오른다.
그, 향기 품은 여자의 부드러움은
당기는 활시위의 둥근 원이다.

유연함에 머무르지 않는
딱딱한 소음 속에 갇힌
그대 부서지며 드러내는 속―살
향기는 다시 고소함의 미각과
한 몸으로 어울린다.
그때 영혼으로 번지는 미―소

캔버스 위로 달려가는 노란 병아리 한 쌍
그건 너와 나의 초상화.

호두

호두 몇 알 골랐습니다.
기름 흐르듯 매끈하고
탄탄하게 생긴 탐스러운 놈들입니다.
보기에 좋은 놈 먹기도 좋다고 했던가.

호두 깨기 그리 쉽지 않습니다.
이빨로는 절대 안 되지요.
그래도 하얀 속살 기대하며
갖은 행동 다 해 봅니다.

어머니 말씀으론
망치가 최고라고 했지요.
두 개의 호두를 골라
망치로 깨어 하얀 속살을 빼냅니다.

겉은 비록 날렵하지 못했어도
한 개는 정말로 실한 속살이 담겨 있었고
그중 미끈하게 생긴 놈은
속살이 타 들어간 검은 죽정이었습니다.

보는 것과 담겨 있는 것은
아무런 관계가 성립되지 않는가 봅니다.

바다안개

무엇을 보러 왔는가?
가을, 대천.
뿌연 안개 드리운 바다 가운데서
오늘의 세상을 유추한다.

어디로 가야 하는가?
갯벌에 있어야 할
세월의 무덤은 이미 지평선을 넘었다.
갈 곳 없는
노숙(露宿)의 신세 같은 삶
세상은 냉동 창고다.

시린 어깨 위로
안개 깔리고
엷은 파도에 추억이 밀려들지만
뿜어 오르는 붉은 태양의
해맑은 미소를 담아
세상으로 다시 돌아온 아침

한낮에는
바다안개 떠나가겠지.

분재 1

오른손을 하늘로 뻗게 말아 올리고 왼손은 땅을 향해 굽혀 살리고 보이지 않는 뿌리만 머리 박고 숨었다.

순간 속에 풍기는 고고한 자태를 위하여 그렇게 비틀린 채 미동도 없다. 감긴 두 겹 철사 줄마저 아름다움의 화신인 양 햇살에 번득거린다.

사전적 정의도 아랑곳없이 작은 것이 아름답다는 염치 없는 속설이 관람자의 본능을 자극할 뿐이다

분재 2

미적(美的) 추구의 미명 아래 비틀린 가지들. 관람자는
나무의 설움을 망각한 채 겉모습에 집착한다.

창공으로 뻗으려는 욕망이 줄에 얽매여 고통으로 신음
하고 어디서도 들을 수 없는 뼈저린 비명소리만 허공
으로 뿜어 나온다.

감각의 아름다움으로 흥겨운, 벗을 수 없는 아픔이 억
제된 성장으로 안개 속에 분쇄된다.

분재 3

누구를 위한 고통과 아름다움의 공존인가.

하나의 존재 속에 감추어진
두 개의 표정이 천지간에 갈라선다.

철사 줄에 고정된 관객의 시선
동전의 양면처럼 시간 속에 변화하는
나무의 세월

번뜩이는 대상(大賞)의 금딱지.
벌거벗고 싶은 욕망은
뿌리로부터 올라와
몸부림치는 비틀린 가지들.

하얀 집 고양이

숲속 하얀 집에
애기 고양이 한 마리
한가로이 낮잠 자고 있었다.
어미 고양이 찾는 줄
까맣게 잊어먹고.

손가락으로 눈꺼풀 뒤집어 보지만
한낮의 나른함은
멈출 수 없는가 보다.
비단붕어 입놀림 하듯
게슴츠레 떴다 감는다.

환한 얼굴
정 듬뿍 담긴 손길에
녀석은 더욱 깊은 잠에 빠져들고
그 모양 더욱 예뻐
계속되는 매만짐.

부드러운 손길에
깊어 가는 꿈.

애기 고양이, 그렇게,
사랑으로 눈 감고 있었다.
햇빛 내리는 하얀 집
현관 옆에서.

바람개비 단풍 씨앗

바람개비 단풍 씨앗
떡잎만으로
공중을 헤엄친다.

단풍 잎 유전인 양
빨간색 씨앗은
몽롱한 색깔 뽐내며
이곳저곳 활공하다
소나무 그늘 아래
안착했다.

두 떡잎 고스란히
베란다 정원에 이식하여
햇살과 물
정성으로 키워 냈다.

시간 속에 살아 움트는
단풍잎 두 쪽
두 쪽은 또 두 쪽으로 갈려
약속한 듯
다섯 갈래 손 떡잎으로
계속 두 팔 벌린다.

짝수로만 연속되는
뻗고
뻗쳐 나가는
단풍 잎 역사.
끝없이 성숙하는
단풍잎의 끝없는
번식의 전설.

담장의 전설

싸리나무 담장에
잠자리 한 쌍
교미하며 앉아 있다.

너른 앞마당
넘겨다보면
부엌 문턱 넘는
치맛자락 정겹다.

안과 밖이
둘이 아니고
하나도 아니고
닫히지도
열려 있지도 않은 채
소리로
왕래했다.

돌을 쌓아
담을 쌓는 건
단절인가
방어인가.

안뜰이 내려다보이는
정겨운 담장
시야를 가로막는
키를 넘는 돌무더기

콘크리트로 무장시켜
담 위를 두른 철조망
높아질대로
높이
솟아 올린
막음과 막힘의 우상
통하지 않는
우리들의 언어와 몸짓.

풍선 2

새벽에 눈뜨는 것은
거스를 수 없는 몸의 장난 때문이다.
부푼 맨살은 아침 햇살을 거부하고
뱉지 못한 타액은
뱃속으로 귀환한다.

아직 감은 눈으로 인해
꿈은 안개처럼 사라지고
참았던 날갯짓 바다 위로 하강한다.

The balloon swells up steadily
Until the eyes open.
<눈뜰 때까지 풍선은 꾸준히 부풀어 있다>

아기 성장보고서

1. 첫울음

울음은 호흡이다.
처음 접한 세상과의 만남은
숨쉬기로 표현된다.

네 울음이
대기실 공기를 웃음으로 바꾸고
고추가 달렸다는 꽃술 달린 언어로
온몸은 하늘로 비상한다.

잘린 탯줄로
어미와의 사슬이 막을 내리고
세상과 연결된
무형의 고리가 울음의 끝자락에서
지금, 여물지 않은 피부를 타고 입성한다.

꽉 쥔 손안에서
에덴의 빛 한 줄기 빠져나오고
떠진 눈으로
세상의 소음이 전달된다.

이젠 세월만이 삶의 길이다.

2. 눈 뜨기

세상을 보기 위함일까.
삶의 길을 찾는 본능일까.

세상을 보기 위해 어미와의 탯줄을 끊었건만
며칠 몇 날이 지나도록 눈을 뜨지 않는다.

아기가 눈을 뜨면
세상은 길로 변할 것 같다.

3. 애기 똥

똥이 더러워서 피한다는 말은
애기 똥과는 무관하다.
그래서
내리사랑은 깊어 가는 밤과 같아
어둑함이 전달하는 그윽함이
애기 똥 소리와
흔들리는 바닥의 감촉으로
수일간의 기다림을 탄성으로 마감한다.

사랑이 깊으면
언쟁도 앙탈이 되듯
애기 똥은 푸른 숲이다.
사랑하면
밥 먹으며 듣고 보는 애기 똥도
좋은 반찬이 된다.
색깔마저 부드러운 소리가 되고
치우는 손까지도 즐거움의 날개를 단다.

　　4. 옹알이

삼 개월의 생명이
이해할 수 없는 외계의 언어로
세상과의 대화를 시작한다.

서로 다른 언어는 통역으로 소통되는 법
옹알이의 통역은 엄마의 몫일까 궁금하다.

언어의 마술은 입술만으로 전달되는 것은 아니다.
몸으로 행해지는 언어도 소통의 요소가 되기 때문이다.
대화를 요구하는 아이의 얼굴이
옹알이 소리와 겹쳐지면

소리는 그림으로 변화하여 형상화되고
이땐 통역의 절차도 생략된다.

소리는 마음이다.
옹알이는 무의식의 언어로 통용되는 마술이다.

모기

침대 곁에 앵앵대는 모기의 비행 소리
두렵지는 않은데
알 수 없는 공포가 피부를 엄습한다.
피 한 방울 주면 그만인 걸
수전노의 심리처럼
마음이 닫혀 있다.

너도 살려는데
모질게도 모기장을 떠올린다.

내동댕이쳐진 신세
빈 허공을 돌다가
푹 꺼져 버린 허리 움켜잡고
횡단하는 어느 낯선 골목.

이제 찬 바람 일면
주둥이 부풀 텐데
한 방울도 안 되는
붉은 피를 감추기 위해
찾고 죽이는
살생의 수레바퀴
지구 자전축이 덜컹인다.

가을비

가을, 파란 하늘, 구름 사이로 떠오르는 새의 깃털을 보면서 붉은 곰이 생각나는 것은 왜일까. 곰은 분명 나와는 아무런 관계도 아니건만 그건 나의 조상에게서 물려받은 육신의 본능적 끌림에 의한 것이었을 게다. 겨울나기는 가을먹이로 시작되는 법. 파란색 하늘과 회색빛 감도는 새의 날개 사이로 마른 낙엽 떨어지고, 숲에서 일어나는 파도는 지평선 아래로 넘어간다. 이 계절에 충전하는 세월의 먹이. 곧 가을비 내리겠다.

기억 상실

애틋한 추억에 짓눌려 있을 때
꺼지는 한숨과 꺼진 촛불이 나란히 어깨동무하고 있다.
내 생애 기억되는 순간은 너의 이마뿐이다.
입 닫고 살아가는 고통에는 진통제조차 말이 없다.
이젠 그 꿈조차 아련한 지평선일 뿐
지워야 하는 기억들이 파편처럼 흩어져 있다.
걸을 수 없는 지뢰밭처럼 차가운 둘 사이의 강
가을의 기억이 멀어져 간다.

편지 한 통 우체통에 꽂혀 있다.

As the sap of Spring ripens,
The dance party of
Brilliant colors are coming into my sight

Due to the harsh sunshine
The carnal desire
Has piled up in inner space

At the spouting volcano
The escaping
School of polliwog are gushing up

The dream last night
Was a crushed hope
With unworthy minglement.

물 오른 봄이 익어 갈 때 / 화려한 색들의 댄스파티가
/ 내 시야로 들어온다.
강열한 햇살로 인해 / 내부로 쌓이는 / 육체의 욕망.
분출되는 화산에서 / 탈출하는
/ 올챙이 무리 솟아오른다.
어젯밤 꿈은 / 어울림 없는 / 일장춘몽

2부_ 산다는 것

매일의 결실은 평범하게 살고자 함이어야 한다.
요란한 명예와,
수다스런 부와,
난잡한 권위는
피부를 광나게 할진 몰라도
벌레 먹은 과일처럼 쉬 썩는 법이다.

세상

세상은 누르는 자에 의해 지배되고 있다.
깨져 버린, 누름과 눌림의 균형

힘 있는 자는 마침표를 찍으며 독기 품은 입술로
나무를 뿌리째 뽑아낸다.
벙어리는 가슴에서 냉기를 품어내고,
돈 있는 자는 쉼표를 씹으며
눈짓 하나로 세월을 멈춘다.
굽어진 등, 처진 어깨의 항아리 같은 삶.
지식으로 충만한 자는 항상 물음표를 던지며
도시의 공간 속을 떠다니며 개구리를 해부한다.
명예에 싸인 자는 느낌표를 마주한 채
손끝에 피리를 물고 쥐를 몰아가는데
혀에 담긴 허사의 칼날이
지렁이의 가슴을 난자한다.

누르는 쾌감이 향기를 발할 때
눌린 자의 세상은 숨쉬기조차 어려운 고요로 가득하다.
그렇게,
우리의 집합 장소는 돼지의 우물이다.

상궁과 환관

안개로 덮인 궁 안의 시간.
생은 조각난 채 생략되고
한(恨)으로 냉각되는
피할 수 없는 세월.

성은(聖恩)에 목마른 여자는
목 길어진 학이 되고
기다림에
낯선 우물이 된다.

정체 잃은 사내의 굶주린 육신은
꿈으로 환생하고
월담하지 못한 함성은
속삭임으로 탈바꿈된다.

살아감에 부족함 없는
본능의 결핍
그들은 늘
침묵으로 대화한다.

해와 달의 만나지 못하는 운명처럼
하나 될 수 없는 한마음 두 몸뚱이.
울타리 안에서 부딪치는 삶의 애환이
담장에 걸려 파도거품으로 사라진다.

마음속에 흐르는 강이
서로를 오가며 불을 지피고
그렇게, 둘만의 자유는
꽃망울로 박제된 민들레다.

동(同)은 통(通)이다.
공감의 눈빛이 장미로 부화할 때
수직에서 퇴화하여
수평으로 이동하는 임 향한 일편단심.

환생

이른 봄, 분갈이의 계절이다. 좁은 아파트 베란다가 화분들로 분주하다. 이럴 땐 구조조정이 제격이다. 시들한 화분을 골라냈다. 남은 몇 개의 화분과 버려진 흙이 베란다 한 곳에서 산과 협곡을 이루었다. 저 흙은 어디서부터 생성되고 흘러 들어온 흙이었을까. 혹 누구의 살과 뼈의 잔재일지도 모른다고 추측해 본다. 아니 혹, 내 선조의 일부분이 저 속에 먼지로 퇴색되어 내 집으로 귀환한 것인지도 모른다. 또 선조의 그 너머 선조의 내장과 부푼 뱃살이 흙으로 변장했을지도 모른다. 생은 원으로 그려진다고 하지 않았던가. 남은 흙을 종이 가방에 쓸어 담았다. 놓아 둘 곳이 여기엔 없다. 여전히 머물 곳 없이 떠도는 구천의 몸들. 아파트 담을 따라 흙을 뿌렸다. 아버지의 뼛가루를 뿌리던 산기슭이 생각난다. 어머니가 몸을 담그던 강물이 떠오른다. 내 삶의 구조조정으로 삶의 원형이 한 줌 흙으로 환생한다. 내년엔 그 흙에서 흑장미 한 송이 피어날지 모르겠다.

살아감이 무언지

아파트 모퉁이 길 따라 좌우로 장이 서면
과일과 붕어빵이, 반바지와 떡볶이가
아파트 담을 타고 줄서기 한다.
거기,
끝자락에 자리 잡은 부부가 아이를 잠재우며
복숭아를 담고 있었다.
거리로 몰려나온 광주리가 설치예술인 양 뽐을 낸다.
지하철 타러, 내가, 집을 나서는 길이었다.
칭얼대는 아이의 잠투정과
지나가는 BMW의 경적이 교차하고
지나가는 행인 앞으로
남편의 호객이 메아리로 울려 퍼지고 있었다.

한낮이 가고, 나의, 귀가 길이었다.
아직 아이는 울음을 멈추지 않고 있었고
아내는 공연을 끝내려는 듯
광주리의 복숭아를 종이박스에 차곡차곡 쌓고 있었다.
남자의 깊게 내쉬는 담배연기가
지나는 트럭에서 뱉어 낸 매연에 묻혀
허공으로 흩어진다.
그때
아파트 건너 골목길에서
무수한 뻥튀기 알갱이들이 눈처럼 흩날리고 있었다.

칼갈이

날을 세우는 이유가 밥과 관계가 있다면
그의 칼은 목숨이다.

고기 살을 썰어 내는 그의 땀방울은
고작 국밥의 재료가 될 뿐이다.

매일 어스름 저녁
운동하는 길에서 만나는
그의 등에는 Life is wonderful이라는 로고가 새겨져 있다.

난, 그의 얼굴도 모르고
나이도 모르고
이름도 모르고
키조차 가늠하지 못한다.
단지 삶의 날을 세우는 썰룩대는 넓은 등과
속절없이 늘어난 하얀 머리카락만 기억할 뿐이다.

주변에 버려진
갈려 버린 칼날의 잔재 속으로
달이 기울고 있다.
삶은 진짜 경이롭기만 하다.

화살처럼

낚시 끝에 달린 찌만 바라보다가
세월의
기적소리를 듣지 못했다.

산등성에 걸린 일몰광(日沒光)에 취해 있다가
떠나가는 여인의
발자국 여운을 놓쳐 버렸다.

물 위로 떠오른 계절의 투영된 영상은
파문으로 너울거리며
흘러가고
거기 물결 따라 굴러온 조약돌

패인 주름에 녹슨 머릿결
시위를 떠난 화살촉의
끝없는 질주.

휴대폰

벌써 몇 번째 바꾸었는지 모른다.
삐삐를 차고 다닌 적도 있었으니
꽤나 다양한 음성이 허공을 배회했다.
그 목소리도 내 목소리이건만
달라진 휴대폰으로 흘러나가는 소리조차
진화하듯 솟구치다 썰물처럼 밀려간다.

한때는,
머리의 반에 해당하는 모델을 들고
전쟁영화의 한 장면을 찍기도 했고
손안에 감추고 마술을 부리기도 했다.
커졌다, 작아졌다,
진화는 마술이다.

얼굴이 2.5인치 화면 속으로 빨려들고
감출 수 없는 상황이 동영상으로 재해석된다.
일 거수 일 투족이 감시되는 세상

스스로가 만들어 놓은 삶의 족쇄에 갇혀
움츠리지 못하는 마약 같은 영어(囹圄)

다름의 현실

두 개의 삶은 계란과
두 개의 복숭아가 아침 식탁에 올라왔다.
깎아 놓은 복숭아의 하얀 속살이 침샘을 자극하고
갈라놓은 반쪽의 달걀이
밤새 비워 놓은 위장을 재촉한다.

열두 개로 분화된 크고 작은 조각들이
쟁반 위에서 뒹굴며
틈틈이 드러나는 붉은 수채화로 미각을 뽐낸다.
과학실 실험대에 놓인 반쪽 지구본
아직 설익은 반숙이 용암으로 흘러내리고,
찌르는 포크로 전달되는 손가락의 미각
다른 두 맛의 빛깔이 혀끝에서 만나 경쟁한다.
분명 한 나무에서 따 왔을 터인데
밍밍한 맛과 달콤한 맛의 차이가
어찌 이리도 크게 느껴지는 것일까.
밍밍함을 상쇄하기 위해
계란 반쪽을 한입에 삼켜 본다.
엉켜 버린 실타래 같은 동식물의 묘한 인연
콧구멍으로 토해 놓는 무미(無味)의 거품들

보이지 않는 맛의 결과는
삼킨 이후엔 아무 감각으로도 드러나지 않는다.
삼키면 그만인 것을
혀로 인해 잠시 느끼는 현실세계의 혼돈

누군가에 의해 나의 존재도
어느 한쪽에 위치할 터인즉
강요되는 삶의 빗장
자연으로 돌아가면 무슨 차이로 남겨질 것인가.

12월 31일

숫자들이 달력 아래로 쏟아져 내린다.
이내, 방바닥은 검은색 숫자들로 해일을 형성했다.
간간히 섞여 얼굴 내미는 붉은 휴일들
거기 한 해의 회한과 비명소리가
폐차장처럼 쭈그러들며
가슴 한구석에서 빠져나가고 있었다.

맺힌 한을 체포하여 감옥 안에 가두고
엉킨 실타래를 조각조각 불사른다.
세월의 피곤은 바람에 실어 바다로 떠밀어 보내고
떠오르는 햇살의 초록빛 소망을 양손으로 받쳐 보면서
세상을 내려놓고 하늘을 담아 본다.
기쁜 추억만 필터로 낚아 의식 속에 잠재우고
영혼이 숨 쉴 때마다 하나씩 깨워 보려 한다.
하여, 그것으로 내일 아침 육체를 새살로 살찌우고
달빛 그림자를 태양으로 보상하고 싶다.

새 아침?

담을 넘는 세월이 파도가 된다.
어제처럼 떠오르는 태양
그대로의 시간과 공간의 역사가
머릿속과 가슴속을 가차 없이 후비고 들어선다.
안개에 묻힌 숫자의 계략

어제
까치 울음은 파도 위에 떠 있는
외톨 통통배의 고동소리다.
초하루 아침을 따라 우는 긴 기러기 행렬

다시 붐비는 지하철의 붉은 옷 걸친 무리들은
망각의 철로를 따라 어둠속으로 질주하고
또 다른 정거장에선 재촉하는 걸음이
날 선 검처럼 재빠르다.

무엇이 가고 오고 한 것이냐?
무언가 바뀐 것은 확실한데
확인할 수 없는 비 내린 뒤의 발자국.

오뚝이

애쓰지 않아도 넘어지지 않는다.
비웃지 않아도 가렵지 않다.
쓰러지지 않는 강한 힘의 원천은
머리도 심장도 아니었다.
바닥과의 균형은 논쟁의 대상이 아니다.
바다를 헤매는 부표처럼
흔들림이 전부일 뿐
아래로 고정된 숨겨진 뿌리
바람도, 강한 태양 볕도 때려눕힐 수 없다.
그냥 불현듯 일어나야 하는 조작된 운명으로
응시해야만 하는 현실.
정상(頂上)의 공기는 항상 신선하다.

오뚝이

KTX

속도의 경쟁으로 우리조차 수송의 상태로 진화한다.
멀어진 기적소리
추억도 낭만도 메아리로만 남는다.

기품과 세련됨이
오징어 땅콩 맛에 비길 수 있을까,
언덕도, 들녘도 바람같이 지나가고
나무늘보의 자격지심은 더욱 부풀려진다.

어느새 다다른 목적지
생의 스침이 인연의 끈을 만든다 했거늘
오늘 공친 여행의 끝자락엔
코스모스 꽃잎 흩날린다.

벌레

박새 입에 애벌레 한 마리
지나는 바람에 부딪혀
도로 한가운데 떨어졌다.
만신창이 몸뚱이
먹고 먹히는 법칙에서
요행이 부지된 목숨.

추락은 오히려 생명이었다.

허나 차는 달리고
태양 빛 강렬하니
벗어날 길 아득하다.
배 쥐어짜는 모습 안타깝다.
풀밭 멀지 않지만
가야 할 방향에 당황한다.

살아 돌아갈 수 있을까.

컴퓨터

컴퓨터가 고장 났다.
기계조차 세월 앞엔 매정하게 부닥친다.
이미 낡아 빠진 기종인지라 교체조차 불가능하단다.
새것을 구입하는 것이 더 나을 것이라 진단되었다.
세대는 우주선을 타고 비상하고
하이킹 슈즈로는 따라잡을 수 없는 메아리로 인해
성큼성큼 앞으로만 달려 나가는 세상
갈아 끼울 부품조차 없는 우리네 인생사는
변화하는 속도엔 부적응으로 일관한다.

최신 기종으로 교체했다.
화면이 가을을 입고
인터넷이 춤을 추기 시작하자
손가락이 긴장한다.
오십 년 묵은 폐부를 관통하는 느린 숨결이
세월을 감내하지 못하고 펄럭인다.

내시의 한(恨)

산다는 것

본능을 담 안으로 가둔 채
욕망은 허공으로 흩어지고
몸의 눈물은 흩날리는 빗속으로 흔적 없이 사라진다.

육체의 정은 살포시 내려앉는
나비의 접힌 날개가 되고
오로지 임 향한 단심은 어둠속을 방황한다.
허리를 굽혀야 살 수 있는 운명
누구를 위한 수그림이었나.
목적 잃은 사랑이 안개처럼 궁궐마당에서 회오리친다.
나만의 자족(自足)은 꿈의 숙제로 남고
아래로 이어지지 못하는 슬픈 육체의 오랜 여정
윤회로만 거듭나는 영혼의 가냘픈 재생.

삶의 정체

지렁이처럼 사는 인생
그런 내 삶은, 밟히는 비 맞은 낙엽이다.
꿈틀거리는 비명이 태양을 가리고
탈출하지 못하는 고통스런 뱃멀미가
항구를 떠나고 있었다.

만족하지 못하는 삶이란 존재하지 않는다.
풍선으로 부풀린 수소덩어리가
히로시마를 불의 바다로 채우고,
상승하는 피의 역류로
지구는 자전의 축을 늘어뜨린다.
거꾸로 돌아가는 세상
한여름에 눈이 내린다.

우체통

무수한 대화가 소리 죽이고 숨어 있다.
눈물과 그리움이
웃음과 노여움이
빨간색으로 진화하여 사거리 모퉁이를 버티고 있다.

입 벌리는 순간
배 가르는 시간
두 시점 사이엔 의미 없는 공간이 확보된다.
서로를 모르는 채 얼굴로만 수인사하곤
잠시 만났다
헤어져야 하는 궁금한 삶의 대화들
그런 머무름에 익숙한
현대인의 찰나의 언어.
그렇게 너는 항상 굶주림에 목말라 한다.

투우사의 눈물

그는 투우사다.
최후에 일격으로 소를 쓰러뜨리는 역할
투우만을 위해 5년 동안 장성한 소는
15분간의 사투에
먼지 날리는 광장 가운데서 몸을 눕힌다.
항상 져야 하는 예정된 운명과
이미 짜인 각본 속에
투우사와 소의
갈려지는 삶과 죽음의 장면은 그렇게 녹화된다.
열광하는 관중은
결과를 알면서도 소리 지르고
그때, 고개를 높이 쳐든 투우사
망토에 선혈을 안고 마당을 들어 올린다.
아우성에 묻혀 버린 붉은 죽음이
가슴속에 폭포수를 자극하고
바짓가랑이를 파고드는 바다소리

동물의 왕국

묵상이 사라진 평원에
하이에나 가족이 침 흘리며 다가선다.
하늘을 맴도는 검은 수리 한 마리에
움츠리는 토끼형제
도처를 뛰며 달아나는 뿔 달린 사슴과
그를 쫓는 치타의 날쌘 비상
강 건너엔 물소를 덮치는
악어의 치켜 올린 입

숨이 턱까지 오른다.
리모컨을 꺼야겠다.

골드 마이너(Gold Miner)

부(富)를 향한 꿈이 날개로 변장할 때마다 그는 구멍을 뚫는다. 노란 똥 싸는 꿈을 꿀 때마다 그는 함정에 빠져 방황한다. 꿈을 먹으며 땅속으로 기어가 성공을 노획해 보지만, 여전히 벗어나지 못하는 악순환의 고리. 가난의 검은 완장은 벗어 내지 못하는 생의 굴레다. 이미 생은 예약된 항공권이다.

떠나는 이유

가벼운 차림으로 나서는 바깥세상.
거기 무성하게 핀 민들레꽃 무리들.

소유한 것 모두
거침없이 내려놓고 향하는
예약되지 않은 길.

고정된 삶을 뒤로하고
어디론가 떠나
닿지 않은 미지에 그려 놓는
신비스런 발자국

반기지 않는 세계의 낯선 그림자
때론 기쁨이 되고
때론 피곤으로 누적되지만
새로움의 충족이 문 저편에 서 있음을 감지한다.

내가 알지 못하는 곳이 나를 깨우치고
또 부르고 있음을 느끼며
다른 삶을 찾아 우리는 그렇게 또 떠나야 한다.

규칙을 훌훌 벗어던지고
홀로의 휴식을 위하여
만나지 못했던 공기를 맛보아야 한다.

한 번도 만난 적 없는 피부가 다른 사람과
언어가 상통하지 않는 사람들을 대하고
어느 낯선 곳에서
아무 약속도 없이 낯선 만남을 대한다.

삶의 아름다움이 거기서 피어나고
새로운 세상을 바라보는 신선한 시각이 돋아나
마음의 풍요가 새살로 부풀어 온다.

또 다른 행로로 접어들자
거기서 만난 또 다른 나의 형상
흘러간 잠시의 시간 속으로
삶이 변화되어 지난 세월로 투영된다.

드라이브

출근길.
밀려오는 차들의 행렬
복잡한 심정으로
두들기는 양발 박자.
누르고 풀어 주며
반복되는
삶의 진퇴

바쁜 마음에
자주 변경하는 차선
그럴 때마다
더욱 밀려드는
차들의 추월과 질주
나만 바쁜 것이 아니로구나.

세상은 누구에게나
그렇게 서글프다.
차선을 바꿀 때마다
앞으로 다가서는
연속되는
또 다른 막힘

그대로 갈 것을
그것이
인생의 순리인 것을
자꾸 바꾸고 싶은
헛된 욕망
거스른 순리에
뒤따르는 페널티킥

최선이다 생각한 것이
오히려
걸림돌이 되어
앞길에 뿌려진다.
수없이 달려드는
하루살이 떼의 습격
차창에 드리우는
검은 구름

기껏 다다른
종점에서
맞닿은
온통 빨간색으로
변색된 신호등

퇴근길.
여유로운 시간과
가벼운 어깨
마감하는 하루
그럼에도 길은 아직
태평하지 못하다.
연속되는 밀림이
오고감에
차이를 인정하지 않는다.

여유의 자유로움은
조금씩 갉아 먹히고
빼앗기는 손실이
아쉬워
또다시 시작되는
차선 변경의 연속

바꾸면
바뀐 차선이 뻥 뚫리고
안 바꾸면
연속되는 밀림으로
가슴이 조여들고
머릿속을 왕래하는
짜증 섞인 중얼거림

내겐 막힘이 우선인가.
이대로의 삶이
최선의 길인가
반복되는 질문에
저무는 하루살이

지하철 묵상

산다는 것

막히는 지상을
탈출하고자
두더지를 벤치마킹하여
굴 파기 작업을 시작했다.

굴로 연결된
도시철도의 긴 터널로
매일 셀 수 없는 사람들이
왕래하고
정작 집 잃은
어미 두더지는
새끼 끌고
철로 위를 방황한다.
지하의 어느 공간.

가는 선과 오는 선
플랫폼에서
서로 손짓하는 연인들의
소리 없는 미소들이 왕래할 때
가로막힌 벽 저편에서
들려오는 이산(離散)된 두더지의
가족 찾는 비명소리.
그 위로 쏟아지는
대합실의 찬란한
물방울 광선.

자물쇠의 진화

싸리문 위에 걸친
동그란 밧줄
자유 통행의
상징적 잠금장치.

시늉에 가까운
문단속엔
아담사이즈 경량 쇠뭉치

중량감으로
위협하여
접근을 게으르게 만드는
육중한 쇳덩어리

미학적 몸매에
번호로 치장한
에스라인 디지털 잠금장치

카드 인식에서
지문인식 도어 락과
생체인식까지.
어디까지 달려가려는가.

진화는 아직
끝나지 않았다.

단지 변하지 않은
자물쇠의 궁극은
우리 사이를 가로막는
단절이란
수식어뿐.

알 수 없어라

내가 원하는 것을 가진,
그녀가 지금 내 옆을 지나간다.
그녀가 원하는 것을 가진 사람
나, 역시 그녀의 옆을 지나친다.

우리 사이엔 서로에게 원하는 것이 있었음에도
원하는 것을 알아채지 못한 채
우린 서로의
옆을 무지(無知)하게 지나친다.

서로의 바람을 눈치 못 채고
한 걸음 지척에서도
실체엔 한 발작도 다가서지 못하고
그렇게 서로가 지나쳐야 하는 모순된 삶.

구름 뒤에 햇빛 숨어 있지만
우린 지금 비를 맞고 있다.

엘리베이터

사면이 거울로 박힌
아파트 엘리베이터에서
혼자인 거울에 반영된
수많은 내 존재의 행렬을 따라
길을 잃은 채
소용돌이를 찾아 헤맨다.
깊이 빨려드는 육체가
삶을 운반하고 있다.

거울의 고독은
늙은 고목처럼 바람에 흔들리지 않는다.

갠지스

삶의 온도가 끈적이며
갠지스를 달구고 있다.

한쪽에선
화장된 시신들이 몸을 담그고
또 다른 한편에선
그 물로 열반을 체험한다.

돈으로 계산되지 않는
삶의 모형들
이해되지 못한 채
조각처럼 부서지는
꿈의 환상들

촛불 하나 강물에 몸 싣고
정처 없이 흘러간다.
그래도 그들이 믿기는
삶이 여기에서 시작했고
죽음도 여기가 끝이란다.
삶과 죽음이 동시에 불타오르는 강

매일 보는 죽음은 삶의 시작이라고 믿으며
장작 나르는 자들과
죽음을 태우는 불 지키는 자들이
세습되어 자리를 뜨지 않는다.

약국에서

처방전을 받아 약국에 들렀다.
물론 약을 위해서다.
오늘은 내 것이 아니고
아이의 것인데
약국주인이 반색을 하며 마실 것을 제공한다.
과분한 대접이라고 한마디 건넸는데
단골손님이라 그런단다.

단골손님이라?
약국은 음식점이 아니고
아파트에 딸린 슈퍼마켓도 아니다.
통(痛)과 통(通)하는 곳일 뿐
아는 사이라 정겨운 곳인데
지금 이 순간 왜인지 자주라는 단어가 서글프다.

양치질

광나는 이빨을 만들기 위해서인가.
썩어 가는 이빨을 없애기 위해서일까.
이 모든 노력이 세월의 풍화작용 같다.
그래도 깎이지 않는 연륜

치약이 없어도 이는 닦이지만
듬뿍 묻힌 삼, 삼, 삼 기법은
치약의 홍보 수단일 뿐
세월과는 무관하다.

길들여진 삶이
안타까움을 배가시키고
휴지통엔 머리 빠진 칫솔 쌓여 간다.

기다림

어제의 기다림은
푸른 하늘 사이로 느리게 하강하는
가을 낙엽이었다.

오늘 그 설렘이
차가운 겨울바닥에 나뒹구는
휴대폰 소음으로 전락한다.

거리마다, 빌딩마다
심지어 이동하는 자동차와 지하철에서도
시시각각 울려대는 확인의 소음들.

기다리며 동동 구르던 발장구는
새털구름처럼 지평선 아래로 사라진다.

발각되는 자신의 위치와
다가온 만큼의 거리와 시간이
무시로 보고되고
기다림 속에
묵직했던 된장 맛 여유는
다시다 국물에 떠밀려 쓸려 가고 있다.

가을 전어

겨울나기 위해 몸 구석구석에 지방을 축적하고는
식탁 위에 올라 내 붉은 외투로 둔갑하는
넌,
모순된 공간 속을 회전하는 수레바퀴다.

운명이라는 것

질주하는 먼지 속으로
맹꽁이 일가족 고속도로를 횡단한다.

소음에 겁나고, 속도에 질렸을까
막내의 걸음이 더뎌진다.

고개 돌린 어미의 이마 위로
태양광선 강렬하다.

무사히 건너갈 수 있을까
그들의 새로운 보금자리엔 벌써 가을 낙엽 무성하다.

가을과 비의 단상

낙엽 떨어지는 소리로 가을을 본다.
거리로 쏟아져 나오는 꼬마아이들의 우산이 반갑다.
빨갛고, 파랗고, 까만 우산의 행렬이
가로수 사이에서 사라졌다 나타났다 반복할 때마다
가슴 속에 뭉게구름 느리게 흘러간다.
빗속에서 요동하는 삶의 물결들
재잘거리는 목소리가 자동차 소음에 묻히자
거리는 록밴드 공연장으로 탈바꿈하면서
세월의 허물을 벗겨 내고 있었다.
골목 한 귀퉁이에 강아지 한 마리 뛰어가고
정류장엔 안경 낀 여학생
버스 기다리며 발 구르고 있다.
그 옆 노신사의 담배 연기가 가을 안개로 피어나
잠시 시야를 흐리고
추적거리는 가을비에 허리 시리다.
십여 미터 앞 조그만 슈퍼 옆에 자판기 우뚝 서 있다.

날개를 달고

산을 보노라니 난 숲이 되고,
강을 보노라니 조약돌 되어 있었다.
하늘을 보노라니 나는 또 별이 되고
바다를 보노라니 섬이 된다.
안개에 묻힌 내 삶이
까치소리에 놀라 기지개를 켤 때
이슬비 행진소리가 아침을 연다.
그건 평화의 신호를 알리는 소리였다.
어느새 가벼워진 어깨 밑 날개
어디에도 기록되지 않은 나의 정체가
동녘햇살에 그림자로 그려진다.
이젠 어디든 날아갈 수 있을 것 같다.

수면제와 설사

수면제를 삼켰는데
정신은 아직 대낮처럼 밝다.

한편으론
저녁 찬이 수상했는지
배로부터 뱃고동소리 파도가 된다.

항구를 들락거리는 연락선처럼
화장실을 오가야 할 모양이다.
이미 수면제는
온몸에 퍼져
눈에는 멀리 언덕이 아른거리는데

침대와 변기가 번갈아 엉덩이를 잡아끌고
의식은 허공을 헤매며
피겨스케이트를 신은 발처럼 빠르게 춤을 춘다.

이 밤의 종착역은 언제일까.
불면의 밤보다 더한 태풍이 남해상을 표류한다.

3부_ 하늘의 소망

오래된 신앙이라며 그냥 두어서는 안 된다.
믿음은 쇠와 같아서
묵혀 두면 녹이 쓸게 마련이다.
그러하기에,
주를 향해 매일 옹달샘을 찾아가야 한다.
그러나
세수만 하고 돌아서선 아니 된다.

하나님의 달력

내가 고통 중에 여호와께 부르짖었더니 여호와께서 응
답하시고 나를 넓은 곳에 세우셨도다(시편 118:5).

나이는 시들음이다.
먹을수록 쇠해 가는 영육의 현실
열어 놓은 자동차 속 같은
오장과 육부는
먹고 마시고,
기름 치고 조여 봐도
세월로 닳고 닳은 흙벽돌일 뿐이다.

관절이 낡았다고 쇠를 박아도
굽은 등은 칼처럼 날을 세우지 못한다.
거스르지 못하는 시간의 정체는
빛으로 계산되는 수학 공식이다.

하루는 뱃속에서
하루는 뼈마디에서
솟아나는 구름 덮인 신음
기댈 곳은 세상이 아니라 하늘임을 배워야 한다.
고통 중에 히즈기야는 삶을 연장받았고
죽지 않고 걸어서 하늘로 다다른
믿음의 선조들은 이미 하늘을 품고 있었다.

하늘 향해 소리 지르는 것이
고통을 해소하는 유일한 방법임을
호렙의 모세로부터 체득하자.
시간은 닳아서 마모되지 않는다.
더 넓고 긴 세상의 시작점이 될 뿐.

의지할 곳

세속에서 벗어나라.
주의 간섭이 더욱 깊어지리라.
세상의 즐거움을 멀리하라.
주의 기쁨이 안착할 곳이 마련되느니.

주를 의지하라
그의 관심이 더욱 확대되리라.
짐을 내던질 때
도우시는 주가 등을 내밀 것이다.

축복은 물질이 아니라
마음을 비우는 열쇠이다.
세상은 짧은 행로일 뿐
눈 감으면 막다른 골목이다.

기도는 어깨동무를 위한 부르짖음이니
고통 중에 소리 지르라
도우시는 손이 당도하리라.

여호와께서 내 편이 되사 나를 돕는 자들 중에 계시니.
(시편 118:7)

어머니의 기도

어머니의 기도는 떠오르는 태양이었다.
먼 곳에서 울려오는 메아리
아무것도 적혀 있지 않은 빈 하늘에
새털구름 밀려온다.
기억 없는 시절에 쉬어 버린 목소리
탁한 어조의 공명으로
소름 돋는 등골
하늘을 향해 노래하고 있었다.

어두움이 터져 나간 새벽에
천천히 아주 천천히
산을 넘고 있을 때
거기 고갯마루에 별 세 개 걸려 있었다.
소리 끝에 달린 빨간 고추
안개 속을 떠다니는 목소리

어머니는 매일 그렇게 강을 건넜다.

소명은 순교다. 매일 넘어지는 하늘나라. 선교는 든든
한 버팀목이다. 그럼에도 또다시 시시각각 다가오는 절
망과 고뇌. 겟세마네 동산의 기도가 오늘, 선교의 돌베
개 위에서 절규하고 있다.

주여! 이 잔을 내게서 멀리하옵소서.
그러나
내 육과 영을 주의 뜻에 맡기오니
영원한 삶을 씨 뿌리는
힘을 허락하소서.

열대의 더위보다
한대의 추위보다
소통하지 못하는 언어의 장벽보다
부족한 밥상에 배고픔보다
내 영의 메마름과
고갈된 사랑의 마음이 채워지고 풍성해지길.
그로 인해
부르심의 지팡이에서
잎이 돋아 꽃피게 하소서.

주여! 내가 여기 있나이다.

믿음의 단계

매달려도 떨어지지 않을 것이라는 생각으로
철봉에 매달릴 수 있다면
믿음의 잎이 고개를 내미는 단계이다.

벽에 못을 박고 옷을 걸을 때
스스로 탄탄하지 않다는 생각을 버리지 못한다면
걸어 두고도 늘 옷을 걱정한다.
그럼에도
가능성에 신념의 추를 달아
마음껏 맡겨 둘 수 있다면
믿음이 꽃을 피우는 단계로 접어든다.

하늘이 푸르다는 사실과
그 뒤편에서 푸른 하늘을 구름으로 가릴 수 있는
존재가 있음을 인식하고 있거나
멋없이 떠도는 공중 나는 새의
먹이를 걱정하지 않는다면
그건 믿음이 열매를 맺는 단계일 것이다.

각종 악성들이 배 속으로 들어와
위장과 간장과 췌장과 심장을 침노하고 있다 해도
맡김의 믿음이 바윗돌 같다면
생명은 하늘의 것임을 알아
믿음을 헤아리고 사는 단계에 이르게 된다.

타락 그리고 구원

인간은 타락한 존재로 규정되는가?
아담의 원죄는 타락으로 끝나지 않았다.
창조는 구원의 서막이었기에
타락은 전조증상이었을 뿐이다.

하나님의 형상으로 창조된 인간은
순식간에
타락으로 떨어졌지만
타락은 고통일 뿐 죽음과는 무관했다.
죽음은 이미 예비된 약속이었고
일하고 낳는 수고는
어쩌면, 생을 연장하는 도구였는지도 모른다.

아들을 보내고
구원의 씨앗을 군중 속에 휘날린 것은
창조의 의미를 알게 하는 수단이었다.
타락은 구원을 준비하는 문이었다.

방대한 각본 속에
세상은 여호와의 손놀림으로 움직이는
춤추는 인형일 뿐이다.

팔복

1. 심령이 가난자의 천국

물질의 가난은 흉이 아니다.
물질의 가난은 죄도 아니다.
물질은 조개껍질일 뿐
부딪쳐 꺼지는 거품일 뿐이다.
그럼에도 세상은 욕망으로 가득 차
돈으로 썩고 권력으로 냄새나고 명예로 오염된다.
부패한 마음은 독을 만들고
그렇게, 퍼지는 독은 종양으로 융기한다.

담을 수 있는 여유를 가지려면
우리 영은 비움의 유리창이 되어야 한다.
마음의 영이 가난할수록
채워지는 말씀과 은혜의 기쁨은 강을 이룰 것이다.
말씀으로 거듭나면
산모의 입덧처럼 참을 수 없는 구역질이 도래한다.
그러니 채워진 세상을 토해 내야 한다.
그럴 때 채워지는 천국
출산의 고통이 구름처럼 가벼워지고
기쁨이 메아리쳐 산을 넘는다.

2. 애통하는 자의 위로

우리에게 필요한 건 눈물이었다.
눈물은 깨끗함의 과거형이다.
보장되는 새 삶

그러나 우리는 지금 사막 한가운데 서 있다.
어디에서도 찾을 수 없는 오아시스
신기루만 쫓아 세월을 소진했다.
메마른 땅에서는 풀도,
양도, 사슴도, 사자도, 독수리도 존재할 수 없는 법
애통은 살아 있음의 표식이며
존재의 주춧돌이다.

하늘을 향해 고개를 들자.
자신의 현존에 대해 눈물을 보이자.
너와 내가
애통할 때
하늘에서 단비 내리듯
세상은 강이 되고 호수가 된다.

강이 되고 호수가 된 자들은
나룻배의 주인이 되고

위로와 감사의 대상이 되리라.
위로는 위로를 낳고
격려는 포근함을 주노니
삶은 곧 화평의 전도사가 된다.

3. 온유한 자의 땅

스펀지처럼 그냥 부드러워서는 안 된다.
얼굴은 무표정인 채
선물만 내던지는 사람은
구제의 주체가 될 수 없다.

살기 띤 모습과
냉혈의 거만함으로 세상을 이겨내려 한다면
한때는 좋을 수 있으나
미래를 보장받지 못한다.

온유는 따뜻함과 부드러움이 양면으로 존재되어야 한다.
갓 데워 온 우유 한 컵에서 들려오는
감미로운 맛의 합창처럼
우리는 살갗으로 대화해야 한다.

마주치는 스킨의 감촉은
사랑으로 피부를 뚫는다.
그래서 그들은 마련된 사랑의 보금자리를 보장받는다.
준비된 땅이 기다리는
따뜻함과 부드러움의 소지자는
웃음 띤 얼굴로 대중 앞을 지나친다.

   4. 의에 주리고 목마른 자의 배부름

오늘 우리는 무엇으로 갈증을 느끼는가,
세상 어느 곳에서도 찾을 수 없는 오아시스
세균으로 오염된 강물이
도시의 가로등을 추월하고 있다.

지금 필요한 건
말씀의 단어들이 용해되어 흐르는 의로운 물과
회개의 고백이 구름으로 몰려 떨어지는 성스런 단비
그리고
의를 위해 깃발 들고 행진하는 자들의 피 흘림이다.

세상은 더러워진 창문으로 막혀 있고,
소돔과 고모라의 현실이

우리의 창문을 밝히고 있다.

갈증의 해갈은 기도뿐이요
배고픔의 해소는 말씀뿐임을 아는 것이
불의의 세상을 살아가는 등대가 된다.

5. 긍휼히 여기는 자의 긍휼

사랑이 다른 형상으로 옷 입었다.

언어적 유희로 끝나는 사랑은 마네킹이다.
손가락을 마음으로 조정하며
주고 던지며
손색없이 베풀 때
사랑은 성냥불 폭발하듯 살아난다.

내 풍족함으로 남에게 베풀지 말라.
그건 나눔이 아니라 떼어 줌일 뿐이다.
내 부족함을 둘로 나눌 때
그 부족은 긍휼로 탈바꿈한다.

어둠을 뚫는 한 줄기 촛불은
한낮의 태양광보다 더 값지다.

주저 없는 사랑만이
긍휼로 무장하는 지름길이고
그런 삶은
풍족함으로 보상받는 또 다른 긍휼로 환생한다.

6. 마음이 청결한 자의 하나님

수시로 닦아 내는 손과
매일 샤워로 씻어 내는 몸뚱이,
간간히 목욕으로 벗겨 내는 구석구석의 때
육체는 항상 깨끗함을 노래한다.

손을 닦으며
발은 세상을 향해 걷고
벌거벗은 육체에 향수를 뿌리면서
욕심의 날개를 뻗어 본다.
땅을 밟고 있다는 죄만으로도
우리의 구원은 요원하다.

이 순간 필요한 건 눈물

잉태된 죄와 만들어진 죄는
겟세마네 눈물로 용해시켜야 한다.
오염된 영혼은
가시면류관으로 정화시켜야 한다.

마음의 청결은 영안을 뜨게 하는 보약과 같다.
그 안에 주가 거하리라.

　7. 화평케 하는 자의 하나님 아들 됨

마음의 불안은 상대와의 반목에서 출발한다.
보고 싶지 않은 얼굴은 뇌수를 마르게 하고
대화 없는 입술은 열병처럼 육체를 짓누른다.
부드러운 음성과

웃음 띤 환한 얼굴로
세상을 향해 돛을 올려라.
화평은 웃음에서 출발하여 대화로 항해한다.
넓은 대양은 순항의 바람을 선사하고

그제야,
천국은 눈앞으로 다가선다.

하나님 앞에서 무릎 꿇을 때
아들의 호칭이 당도한다.

8. 의를 위해 핍박받은 자의 천국

세상은 누르는 자의 독으로 가득 차 있다.
교만의 세균이
선한 자를 감염시키고
독을 품은 자들의 재주로 불의가 난무한다.

불의는 굽은 칼이다.
곧은 칼은 의를 요리하고
맛난 냄새를 드러내며
곪아 터진 상처를 도려내어 진통을 삭힌다.
허나,
굽은 칼은 찌름의 아픔과
마음의 고통만을 만들어 낼 뿐이다.

하늘의 약속은 어긋남이 없기에
아픔과 고통은 순간임을 인식해야 한다.
그리하면,
하늘을 위해 놀림받고
주를 위해 상처받는 자들은
위로의 천국이 상으로 주어진다.

소금

밟힐 만큼 천하지 않으면서
그렇다고 귀함을 얻지도 못하고
없어서는 안 된다 하면서 관심 밖에 놓여 있다.
우리 사는 세상에 뿌려져야 진가를 발휘할 것 같은데
생선가게엔, 없으면 꼴뚜기 신세다.
헛된 즐거움을 진하게 만들어 줄 수도 있고
헛된 망상에 빠진 뇌를 진정시킬 때 유용하단다.
맛을 잃으면 길 잃은 강아지 꼴 난다.

착각

노아가 방주를 지으며
사람들을 불렀다.

한낮의 태양은 여전히 메마르다.

예고된 재앙이
방주의 높이만큼 쌓여 감에도
인간은 무지하다.

세상은 아직 시퍼렇게 살아 있다고
자만의 입술로 날을 세운다.

한낮의 태양은 계속 건조하다.

순종이 제사보다 나음이
절실해진 순간
구부러지지 않는 강철 같은 마음은
다스리지 못해 부러진다.

한낮의 태양이 구름 뒤로 숨을 때
문은 닫히고
착각은 죽음으로 탈바꿈된다.

예배

마음을 몸에 담아
영혼을 불사르는 의식

준비된 손이 하늘을 향한다.

기도는 몸의 정화이고
마음의 사슬을 푸는 열쇠가 된다.
굳었던 입술이 열리면
천상의 악기로 변화하여,
나팔과 드럼과 기타와 바이올린이 되고
닫혔던 눈이 떠지면서
하늘의 문자와 사랑의 숫자를 흡입한다.

천둥 같은 메시지가 펼쳐지고
하얀 눈이 거리로 쏟아져 내린다.
만나의 물결이
목구멍을 넘어서면
하늘의 음성이 천지를 뒤흔든다.

흔들리는 땅
변화하는 육체
혼돈에서 해방되는 영혼.

고난은 구원의 광선이었다

1. 배반

"나와 함께 그릇에 손을 넣는 그가 나를 팔리라"

배신의 아픔은
칼로 베인 상처보다 더욱 아리고 쓰리다.
사랑으로 이끌던 제자의 손에
엽전 몇 개로 팔리신 예수는
제자들에게 버림받으시고
세 번 부인당하셨다.
예언의 첫걸음은 쓰라린 아픔으로 시작되고
이때 울리는 닭 울음소리.

2. 겟세마네기도

**"아버지여 할 만하시거든 이 잔을 내게서 지나가게 하
옵소서. 그러나 나의 원대로 마옵시고 아버지의 원대로
하옵소서."**

겟세마네 바위에서 울려 나오는 공명은
하늘의 부름이었다.

예정된 고난은 피할 수 없는 길
온 지상에 만연된 돌이킬 수 없는 죄
기도 속에서 흘러나온 피범벅된 땀방울이
바위를 적실 때
이미 세상은 빛의 소망을 잃었다.
그리고 거기, 한 귀퉁이에서 들려오는
무지한 제자들의 코 고는 소음

3. 잡히심

*"친구여 네가 무엇을 하려고 왔는지 행하라, 이에 저희
가 나아와 예수께 손을 대어 잡는지라."*

한 마리 양처럼
순순히 내어 맡기신 몸
육체의 묶임보다도
인류 구원의 성취를 위해
말없이 저항 없이
배신자의 입맞춤에 응하셨다.
베드로의 분냄은
구원 약속의 걸림돌이었지만

그럼에도 곧바로 이어지는 자비로운 행동
'말고'의 귀는 아직도 건재하다.

　　4. 고난

**"빌라도가 손을 씻으며 이 사람의 피에 대하여 나는
무죄하니 너희가 당하라"**

죄 없으신 주님이
무지한 백성들의 함성만으로
채찍질당하며 십자가로 넘겨진다.
주의 고난은 우리에겐 사랑이었고
그의 찔림은 우리의 평안이 된다.
아픔이 기쁨으로 변화할 때
구원의 서막으로 울려 퍼지는
천국의 트럼펫 소리

흘러내린 핏방울로 영혼의 병이 치유되고
흘린 눈물은 메마른 세상을
용서의 옥토로 탈바꿈시켰다.

5. 십자가

**"엘리, 엘리 라마 사박다니, 하나님, 하나님, 어찌하여
나를 버리셨나이까?"**

골고다 언덕에 십자가 우뚝 선다.
못 박는 굉음과 꽉 깨문 입술의 침묵
가시 면류관에 송골송골 맺힌 핏방울이
사랑의 씨앗 되어 세상으로 뿌려진다.
수난으로 피범벅된 고독한 육신.
붉은 세상이 진동하고
찢어지는 어둠의 휘장들
찔린 허리와 못 자국을 통해
세상으로 뻗어 나가는 구원의
한 줄기 광선

6. 우리의 기도

그러하니 주여,
이 시간 우리가 주의 고난에 동참하게 하소서
하여, 교만이 겸손이 되고
미움이 사랑이 되고

슬픔이 기쁨이 되며
두려움이 환희가 되어
영광의 쓴잔으로
주의 고난이 우리 삶으로 승화하게 하소서

주의 고난의 흔적을 온 육체에 새기고
내 영혼이 주의 대속에 사로잡히게 하소서.

그러니 이제 거친 세상 풍파를 넘어
소망으로 가득한 믿음의 반석으로 내달려
우리 모두
빛의 사자 되어
햇살 가득 찬 부활의 새벽으로 달려가자.
그리하여,
무덤 곁에서 기다리는
천사의 음성을
우리 다 함께 들어 보자.

**"그가 여기 계시지 않고 그의 말씀하시던 대로 살아나
셨느니라." 아멘.**

못

손에 못 들고
언제, 어디서 사용될 것인지 모르는 채
가슴에는 큰 망치를 품고 살았다.
유다의 배반은 시시각각 응징하면서
내 속에 유다를 잉태했다.
못이 된 유다는 은(銀) 삼십을 내던졌건만
난, 아직, 예수 판 동전을 손에 쥐고 있다.

바라보면서도 깨우치지 못하는 영적 박약아
내 가슴의 못이,
그렇게, 예수의 손을 찌르고
아픔을 진통제로 해산시키려는 듯
또다시 저지르는 연속되는 못질
눈물은 사막처럼 메말라
자신을 깨우지 못하고 있다.

노아의 무지개

희망,
강이 하늘에 걸쳐 흐를 때
돕는 자 없이
노아는 방주를 지었다.

절망,
세상에 욕망이 바다를 이룰 때
듣는 이 없어
노아는 방주의 문을 닫았다.

파멸,
물이 산을 덮고, 방주가 떠올랐을 때
구원받는 자 없어
노아는 세상을 탄식했다.

무지개,
비둘기가 창공을 나를 때
방주 속의 가족만이
새 세상에 안착했다.

구원,
갈보리 산상에 십자가 세워질 때
붉은 죄가 소멸되고
하늘의 소리 선포된다.

은혜

하늘로부터
강물 넘쳐흐르고,
넘실거리는 메시지가
안개처럼 세상을 덮었다.

그럼에도, 세상은
무지의 소산으로
섞은 나무처럼 허공을 찌르고
빈 깡통처럼 의미 없는 소리만 퍼지른다.

녹색의 향연과
풍요의 언어로 이웃을 위로하고
기름진 찬양으로
형형색색의 열매를 추수하자.

이럴 때 고개 숙여라.
올 수 없었던 사랑이
우리 영안을 맑게 깨우고,
내 안에 존재하지 않을 것 같은 은혜가
이미 우리 안에 충만해 있으니
영으로 찬양하고 육으로 춤을 추자.

희락

세상의 어떤 음악으로도
세상의 어떤 아름다움으로도
세상의 어떤 훌륭한 지식으로도
영원한 기쁨을 마음에 끌지 못한다.

눈이 즐겁고
귀가 기쁘다 하여도
만사(萬事)는 순간일 뿐.
세상의 욕망은 벽이다.

꿀이 혀를 살갑게 자극하여도
달콤한 술의 향기가 뇌를 진동시켜도
목구멍으로 넘어가면 그만인 것을
짧은 인생에 기댈 곳은 없다.

약속되지 않은 영원은
얼굴과 마음의 미소만 빼앗아 간다.

그러니 우리의 세상 즐거움은
하늘 향한 영혼의 춤과 노래여야 한다.
다가올 천국은
지금 이 순간을 기쁨으로 달랠 때
우리 마음에 자리하나니
웃음과 찬양으로 땅의 천국을 건설해야 한다.

세상이 거칠게 숨 쉬고 있다.
육신과 생각이 어지럽게 방황한다.
밀려오는 세파.
이제 여기엔 쉼이 없다.

곳곳에서 시작되는 전쟁
이유 없는 미움과
용서에 메마른 총부리가 심장을 겨냥한다.
의미 없는 살육의 현장이
도처에서
상처를 만들며 죽음을 조롱한다.
아들이 아비를 때리고
어미가 자식을 채찍질하고
이유 없이 아이들이 농락당한다.

그러자, 나팔소리 들리는 곳에
십자가 걸리고
거친 세상을 향해
하늘의 찬양 흘러나왔다.
그래도 사람들은 미동도 하지 않는다.
점점 멀어지는 노아의 방주.

그러나 내가 너를 용서하고
모든 것을 내 탓으로 돌릴 때
세상은 하얀 비둘기로 비상했다.
그러자 한편의 검은 세상에선
초록새싹 고개 내밀고
트럼펫 소리 천국에서 울려나온다.

오래 참음

콩을 쑤었다.
메주를 담기 위해서다.
쑨 콩을 밟는다.
반죽을 만들기 위해서다.

메주는 그렇게 세월이었다.

네모 형을 만들어 짚으로 묶었다.
띄움을 위해서다.
처마에 건다.
세월을 맞이하기 위해서다.

믿음의 닻을 올렸다.
구속의 의미를 알기 위해서다.
가속기를 밟아 하늘을 보려 했다.
믿음 안엔 오늘만이 존재하는 줄 알았다.
피의 사랑은 허공인 줄 알았다.
축복이 열매로 익지 않았음을 보고
하늘을 우러러 손가락질했다.

무지한 자들의 통곡소리.
하늘의 세월은 메주였다.

자비

똑바로 걷고 싶은 자의 소망과 함께 걸으면
우리에겐 초록의 동산이 다가오고
보고 싶은 희망을 가진 자의 왼손을 잡고 걸으면
우리에겐 하늘이 보일 것이다.
소리를 열망하는 이들과 손으로 말하면
천국의 음성이 우리에게 들린다.
가난한 자에겐 빵 한 조각이 값지고
헐벗은 자에겐 웃옷 한 벌이 더욱 귀하다.

그러나
하늘의 소리를 알지 못하는 이들에겐
십자가의 비명이 더 가치 있음을 일깨워야 한다.
이삭의 지팡이 끝에서 살아나는 우물의 진리
일순간의 갈증 해소보다
오늘이 아닌
하늘의 구원을 그들에게 선사하는 것이
자비의 의미 담긴 형상으로 남게 될 것이다.

양선

각진 언행으로 칼이 되는 혀
세치 길이로 온 몸을 갈라낸다.
세상은 그렇게 날카로운 면도날이다.

언제부턴가
육체가 각종의 무기로 무장하더니
마음은 송곳처럼 번뜩인다.

세상의 무장해제는
곤봉과 수갑으론 어림도 없다.
때리고 채울수록 더욱 강퍅해지는 인간들

십자가의 도가 햇볕으로 작열할 때
바람보다 햇볕의 강열함이
저들의 날선 검을 격리시킨다.
따스함으로 옷 벗기고
부풀어지는 식빵처럼
부드러움의 치유가
세상을 둥글게 만들어 준다.

충성

팔각형 무늬의 세계
어느 곳이 진정한 자신의 길인가 의아해한다.
먹을 것 많아
바라볼 곳도 많은 세상
그럼에도
오직 믿음은 한 곳만을 바라보는 것이다.
구원의 길은 외나무다리다.
광야로 대군을 이끈 모세처럼
여리고를 함락한 여호수아처럼
믿음의 충성은 깊게 내린 뿌리와도 같다.
그렇게 충성은
하늘 가는 지름길이다.

온유

부러지지 않으려면 온유를 배워라.
까칠한 얼굴은 상처로 돌아온다.
한마디의 말이 어느 땐 칼이 되고
어느 땐 약이 된다.
그러니 늘 부드러움을 익혀야 한다.

늘어진 목으로 세상을 바라보는 사슴
그건 기다림의 소산이다.
그렇게 거친 소리 없이 세월을 보낸다.

베드로가 말고의 귀를 자름으로
칼의 열정이 바이러스처럼 번식했다.
세상을 떠도는
열정이란 이름의 젊은 군상들.
예수는 귀를 붙인다.
칼은 칼로 죽지만
비둘기는 하늘로 비상한다.

절제

가진 것 없다고 낙심하지 말라.
부족함은 채움의 준비단계일 뿐이다.
주신 만큼 살아가도록 하라.
넘치는 것이 항상 화를 자초한다.

절제는 채찍질
다스림의 삶을 기록하여야 한다.
널려 있는 축복을
힘주어 잡으면 풍선처럼 터지는 법
스스로를 생각하며
자신의 그릇을 생각하라.
그때
채우려 하지 않아도 굴러오는
향내 나는 복.

사랑

붓고 부어도 넘치지 않고
퍼내어도 바닥이 보이지 않는 포도주의 비밀처럼
주고 또, 주어도 향기는 떠나지 않으며
받고 받아도 만족하지 못하는
사랑은 항아리다.

달콤한 캔디만 공급하면 썩은 이가 생산되듯이
때론 사랑엔 씀바귀의 노란 액즙이 요구된다.
선택된 백성은 광야에서 헤매고
모세의 지팡이는 매일 하늘로 솟아 있음에도
끊이지 않는 배반과 보호의 고리는
시내 산에서 표류한다.

그러니, 타협하지 말아야 한다.
제시되지 않은 조건이
순탄한 길을 제공하듯이
사랑은 조건도 타협도 무시하고
순종으로 항아리를 채우는 것이다.

천국을 소망한다면

믿음은
우리 신체
어느 부분에서 행해지는 것일까?
입술로만 주를 부르면
천국 호수에 입만 동동 뜬다고 하는데.
발로만 믿으면
혹 신발만 천국 문을 통과하는 것은 아닐까.
생각만의 믿음은
천국의 주변을 맴도는 풍선이 될 뿐이다.

뛰는 심장으로 주의 행적을 따라가고
영롱한 눈으로는 하늘을 소망하며
열 개의 손가락이 이웃을 돌아보고
무거운 입과 힘찬 두 다리에 사랑을 담아
먼저
세상을 천국으로 만들어야 한다.

저 천국은
멀리서 느끼는 것이 아니라
맑고 온유한 우리의 영혼과
주를 닮아 가는 몸으로
천국의 삶을 이 지상에 건설하는 것이다.

"하늘에서 이룬 것같이 땅에서도 이루어지이다."(마6:10)

기도 - 축복

"너희는 먼저 그의 나라와 그의 의를 구하라.
그리하면 이 모든 것을 너희에게 더하시리라(마6:33)"
"Seek first the kingdom of God and His righteousness,
and all these things shall be added to you.(Matt6:33)"

처처에서 수많은 기도와 간구가
하늘 향해 쏘아 올려진다.
무수한 화살의 향연 속에 도사린
자신만의 이익

기도는 자신을 다스리는 도구
정욕과 이생의 복을 위해 쓰이는 것이 아니다.
그럼에도 우리는
축복의 단순한 도구로만
기도를 읊조리고 있음에.

축복은 잡히지 않는 것
타인의 눈에 발각되어서도 아니 되는 것
먹을 것 없어도
내 안에 여호와 있음을 기억하는 것
어려움에 처해서도
여호와 내 등 뒤에 있음을 확신하는 것

풍성함에 콧노래 나올 때
감사의 춤이 어깨 위에 내려앉는 것.

축복은 평안함이다.
세상이 거꾸로 보이지 않고
하늘의 두려움에서 육신이 해방되는 것이다.
기도는 안식이다.
영과 혼이 주만 향하게 하는
바른 길잡이다.

타락

아담이 맨발로 에덴을 거닐 때
여호와의 음성은 그의 그림자였다.
아내의 눈웃음이 비극의 씨앗이 될 줄은
아담은 예측하지 못했다.
그렇기에
수천 년을 살아온 인간들은
그냥, 창조의 실패가 타락으로 이동한 것이라 생각했다.

그러나
창조의 액자 속에는
비극도 실패도 타락도 담겨 있지 않다.
창조의 추상화는 선택된 도면으로만 압축된다.
아담이 그늘로 들어섰을 때
여호와의 사랑은 가위 눌리고
목구멍으로 넘어가는 선악과 열매는
아담의 입놀림을 타락으로 변신시켰을 뿐이다.

창조는 어제나 오늘이나 변하지 않는다.
내일도
여호와의 창조는 일상을 동아줄로 이어 간다.

혀

서랍 속에 숨어
비수처럼 마음을 찌르기도 하고
단지 속에 담긴 채
꿀처럼 정신을 달콤하게 미화시키기도 하는,

너는 유혹의 검은 송곳니를 가진 천사이거나
천사의 하얀 이마를 가진 사탄의 형상이거나.

부자와 가난한 자

세상에 같은 것은 없다.
서로 다름이 평등이다.
공평함은
네게 없음이 내게 있음을 알게 하는 것이다.
가난한 자에겐 비움이
부자에겐 나눔이 있어야 한다.

겸손한 마음을 갖게 되면
남을 낮게 여기게 되고
교만한 자세로 남을 흘기면
영혼의 상처가 부메랑처럼 돌아온다.

나눔은 전염성이 있기에
남에게 꾸어 줌이
하늘로부터 꾸임을 얻게 하는 지름길이 될 터이다.
그러므로
경건과 의로 무장하여
나를 너처럼 여기고, 너를 나처럼 생각하면
모두는 채움이 반석이 되고
없는 자나 가진 자나 풍요의 천국을 보상받으리라.

다르다는 것

내게 있음이 네겐 없음이 될 수 있고
네게 있음이 내겐 없음이 되기도 한다.

다르다는 것이
생소하게 여겨진다면
내 안의 다름은
타인에겐 거울이다.
그렇게
다름은 특별하기에
서로가 겸손해야 한다.

다른 것이 틀린 것이라 말할 때
스스로는 울타리 안에 갇히게 되고
모두가 나이기에
나 아닌 모두는 틀린 것이 아니다.
모두 속에 내가 존재한다는
생각의 전환이, 곧,
모두를 하나로 뭉쳐 주는 번데기 집이 된다.

달구고, 두들기고.

망치가 춤을 출 때마다
쇳덩이는 변장을 거듭한다.
원하는 모양을 위하여
장인의 손이 날카롭게 허공을 헤엄친다.
또, 달구고
다시, 두들기면
박자가 정돈되면서
모형이 소리를 그려 낸다.

믿음의 시련이 산을 넘을 때마다
육신은 감옥에 갇힌다.
주가 보시기에 아름다운 영혼을 위해
연단은 선택이 아닌 필수 코스다.
다시, 달구고
또, 두들기면
주의 사랑이 갈보리 동산을 넘어서서
주의 피와 우리의 눈물이
한가지로 희석되고
구속으로 거듭난 생명들은
소망의 항구에 정박한다.

*"우리가 환난 중에 즐거워하나니 이는 환난은 인내를,
인내는 연단을, 연단은 소망을 이루는 줄 앎이로다."
(로마서 5:3 —4)*

때(時)

모세는 이미 나이 들어 불림받았다.
두 번의 사십 년을 하나님은 기다렸다.

아브라함은 백 세가 되어서야 아들을 얻었다.
사라의 인간적 계획에도 하나님은 기다렸다.

조급하지 않아야 한다.
서두르지 말아야 한다.
안절부절도 사절이다.
인간의 생각대로 되는 것은 더욱 아니다.
정한 때가 되어야 약속은 실현된다.

그렇게,
인간이 알 수 없는 하나님의 때
그저 우린
그가 기다리시듯
함께 기다려야 할 뿐이다.

바벨탑

허황한 하늘의 정복을 위해
땅을 디디는 인간의 짧은 생각이
찌르듯 위를 향해 치솟는다.
올라가자! 올라가자!
퍼지는 함성으로
땅이 융기하고 있었다.

하나님처럼 높아지려는 욕망이
교만으로 쌓이고
교만은 분노가 되어
알아듣지 못하는 언어로 변장한다.

혼잡된 언어로
춤추는 산과 바다가
모두, 땅의 구석구석으로 흩어진다.
하늘로 솟으려던 욕망이
세상으로 뿔뿔이 떠내려가고
무너진 욕망의 잔해가
갈기갈기 찢어져
눈발 날리듯 땅 위를 기어간다.

*"자, 우리가 내려가서 거기서 그들의 언어를 혼잡게 하
여 그들로 서로 알아듣지 못하게 하자 하시고"(창세기
11:7)*

오순절

바벨탑으로 하늘까지 올라간 교만이
별똥별처럼 낙하한다.
함께 낙하하는 성령은
교만을 제하고
겸손을 더하셨다.

다락방에 세찬 폭풍 몰아친다.
성령으로 방언이 터지자
바벨탑이 무너지고
인종과 국가의 벽이 무너져 내려
흩어졌던 언어가
입술과 눈빛으로 통화한다.

방언은 복음 전파의 예표였다.
막혔던 귀가 뚫리고
무너진 장벽 사이로 말씀이 스며 들어갔다.

갈보리의 피의 역사가
열매로 거두어지는 날
폭풍은 순풍이 되고
거기서 순항하는 십자가 돛단배

장인수 ―――――――――――――――――――――――――――――

▌약력

　53년 서울 출생
　충남대대학원 영문학석사
　한남대대학원 영문학박사(영국 종교시 전공)
　한국 현대영어영문학회 부회장
　한국 문학과 종교학회 이사
　98년 「창조문학」으로 등단
　현 혜천대학 호텔관광계열 교수

▌저서

　시집 『예정된 어울림』 외
　번역시집 『헨리본의 섬광의 부싯돌』(태학당)

장인수의 세 번째 시집

벌거벗은 울타리

초판인쇄 | 2009년 2월 28일
초판발행 | 2009년 2월 28일

지은이 | 장인수
펴낸이 | 채종준
펴낸곳 | 한국학술정보㈜
주　소 | 경기도 파주시 교하읍 문발리 513-5 파주출판문화정보산업단지
전　화 | 031) 908-3181(대표)
팩　스 | 031) 908-3189
홈페이지 | http://www.kstudy.com
E-mail | 출판사업부　publish@kstudy.com

등　록 | 제일산-115호(2000. 6. 19)
가　격 | 18,000원

ISBN　978-89-534-1350-4 93810 (Paper Book)
　　　　978-89-534-1351-1 98810 (e-Book)